les semaines de DuBouillon

Editeur Groupe PROGRES S.A.
Au capital de 66 146 505 euros
Siège social : 4 rue Paul Montrochet, 69002 Lyon
Directeur de la publication et Directeur général : Pierre Fanneau
ISBN : 978-2-918756-17-0

Élections présidentielles

SONDAGES:
HOLLANDE RATTRAPE SARKOZY...
DuBouillon

HOLLANDE PRÉSIDENT...
FLAMBY C'EST FINI !
Camembert
PRÉSIDENT
DuBouillon

SARKOZY QUITTE L'ÉLYSÉE...
IL M'A REMIS SA ROLEX !

ENTRE LES DEUX TOURS, JE SUIS LE GARDIEN DE LA VALISE DE LA FORCE DE FRAPPE NUCLÉAIRE
EN CAS DE GUERRE
LA VALISE..
FRANÇOIS, IL FAUT ATTENDRE LES RÉSULTATS DU 2ème TOUR
C'EST MA VALISE, ET JE SUIS TOUJOURS PRÉSIDENT
IL ME FAUT LE CODE SECRET...
BON, D'ACCORD, JE VOUS LA CONFIE ENCORE UNE SEMAINE
NICOLAS, TU DEVRAIS ME DONNER LA VALISE TOUT DE SUITE...
ÇA, C'EST UNE DÉCLARATION DE GUERRE?
DUBOUILLON

LE RETOUR À LA VIE SIMPLE...
C'EST L'HEURE DU BIBERON
DuBouillon

LES CARICATURISTES DOIVENT S'HABITUER À HOLLANDE...
AU DÉBUT ON VA S'ENNUYER
C'EST NORMAL

UN PRÉSIDENT NORMAL...
AVEC UNE VIE DE COUPLE NORMALE
DuBouillon

HOLLANDE :
UN PRÉSIDENT PARANORMAL…
JE METS MON GOUVERNEMENT EN LÉVITATION

HOLLANDE AUX USA…
NON, NON, PAS LE SOFITEL
SOFITEL

HOLLANDE VEUT FAIRE SIMPLE…
FAUT PAS EXAGÉRER

DES ÉCOLOGISTES AU GOUVERNEMENT

TOUS LES MINISTRES SONT-ILS NORMAUX ?

AURÉLIE FILIPPETTI, LA NOUVELLE MINISTRE DE LA CULTURE...

MONTEBOURG SUR LA BRÈCHE...
AUJOURD'HUI?
POISSY
YSSINGEAUX
AULNAY
GANDRANGE
BOULOGNE
GRAINCOURT

ARNAUD MONTEBOURG EST PARTOUT...
DEMAIN PEUGEOT
PS
DOUX

PARACHUTAGE DE GUÉANT...
J'AVAIS DEMANDÉ LE CENTRE VILLE DE BOULOGNE
PAS LE BOIS
DuBouillon

LA RENTRÉE POLITIQUE À L'UMP
FILLON A RENFORCÉ SA DÉTERMINATION
DuBouillon

VACANCES...
LE DRAPEAU EST ROUGE !
ÉTÉ POURRI

DES PATRONS EN COLÈRE...
LES GARS, C'EST BIEN DE LEVER LE POING DE LA MAIN GAUCHE, MAIS ENLEVEZ VOS ROLEX !
DUBOUILLON

LES MILLIARDAIRES QUITTENT LA FRANCE...
VOUS NE POURRIEZ PAS EMMENER AVEC VOUS QUELQUES ROMS

DÉPART DE BERNARD ARNAULT: LA FRANCE EN CRISE...
ON VA MANQUER DE SACS À MAIN

L'EXIL DE CHRISTIAN CLAVIER
ANNONCE-T-IL LE RETOUR DE SARKOZY ?
ICI LONDRES

LES OUVRIÈRES DE LEJABY ACCUSENT...
LES GROS BONNETS DE LA POLITIQUE NOUS ONT ABANDONNÉES
DuBouillon

HAUSSE DU CHÔMAGE...
T'AS TROUVÉ DU TRAVAIL
COURBE DU CHÔMAGE
DuBouillon

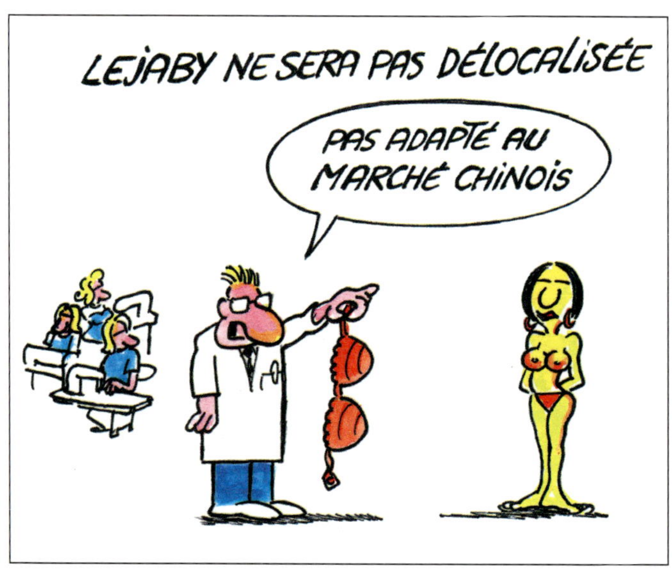
LEJABY NE SERA PAS DÉLOCALISÉE
PAS ADAPTÉ AU MARCHÉ CHINOIS

LA CRISE ARRIVE...
ON RISQUE DE PERDRE UN A
MOI LE POINT G

LA GRÈVE DES ÉBOUEURS LYONNAIS
NON À L'ARRÊT DE LA GRÈVE

BAISSE DE L'ESSENCE...
J'EN METS PLUS POUR LE MÊME PRIX !

L'ESSENCE EN FORTE HAUSSE...
QU'EST-CE QUE TU ATTENDS ?
QU'ELLE BAISSE !

L'ESSENCE DE PLUS EN PLUS CHÈRE...
L'ÉLECTRICITÉ AUSSI

ELLE REFUSE
L'ESSENCE
TROP CHÈRE
LA VOITURE INTELLIGENTE

LES FACTURES EDF SERONT SIMPLIFIÉES...
COMME LES
FACTURES D'EAU !

HOLLANDE VEUT MODIFIER LES DÉPENSES
DU GOUVERNEMENT...
C'EST POUR FAIRE
PLAISIR AUX ÉCOLOS
DuBouillon

DES SUICIDES À LA POSTE...
LA POSTE
AVEC CES CADENCES INFERNALES, ON DEVIENT TIMBRÉS

INCIDENTS EN SÉRIE À LA SNCF...
DEPUIS QUE C'EST PRIVATISÉ LES HORAIRES NE SONT PLUS RESPECTÉS

LES CHANGEMENTS D'HORAIRES À LA SNCF
VOUS L'ENTENDEZ ?
IL AURA 10 MINUTES DE RETARD

COPÉ DÉNONCE LES ANTI-BLANCS...
QU'EST-CE T'AS CONTRE MON P'TIT BLANC ?

LES P'TITS PAINS AU CHOCOLAT DE COPÉ
T'AURAIS PAS UN PEU DE CHOCOLAT POUR MON PAIN

DRAME À L'ELYSÉE...
QUI A VOLÉ MON PAIN AU CHOCOLAT

LE TROU DE LA SÉCU DE RETOUR...
ATTENTION, SI VOUS TOMBEZ, VOUS RISQUEZ DE VOUS BLESSER ET D'AGRANDIR ENCORE LE TROU !

DES AIDES QATARIS POUR LES BANLIEUES ?
FRANÇOIS SE TOURNE VERS LA MECQUE ?
NON, VERS L'ARGENT

MARIAGE HOMOSEXUEL :
DES MAIRES REFUSENT...
OUI
OUI
MOI, JE DIS NON

DES MAIRES NE VEULENT PAS MARIER DES HOMOSEXUELS...
NIQUE TON MAIRE

PROJET DE LOI POUR LE MARIAGE DES HOMOSEXUELS...
ET JE VEUX ME MARIER À L'EGLISE...
JE VAIS DEMANDER UNE DÉROGATION À Mgr BARBARIN

LE MARIAGE HOMO EST UN SCANDALE...
PASSE ENCORE POUR LES HÉTÉROS
MAIS LES HOMOSEXUELS?..
DANS LE TEMPS IL Y EN AVAIT AUTANT, MAIS ILS SE CACHAIENT
ÇA NE TROUBLAIT PAS L'ORDRE PUBLIC
MAINTENANT ILS SE MONTRENT SANS VERGOGNE
DANS LES BARS
ILS ORGANISENT DES GAY PRIDE AU GRAND JOUR!
BIENTÔT ILS AURONT LE DROIT D'ADOPTER DES ENFANTS
JÉSUS MARIE, ILS VEULENT MÊME ÉTENDRE LE PACS AUX FRÈRES ET SOEURS..
MA SOEUR, QU'EN PENSEZ VOUS?!
DUBOUILLON

QU'EST-CE QUE ÇA PEUT LEUR FAIRE !?
NON AU MARIAGE HOMOSEXUEL
C'EST FAIT DE QUOI LA FAMILLE ?!
RESPECTO LA FAMILL
AU DÉBUT QU'UNE HISTOIRE D'AMOUR AVEC À LA CLÉ UNE BONNE BAISE
À BAS LES HOMOS
ET APRÈS, ENCORE DES GALIPETTES POUR AGRANDIR LA FAMILLE
ILS NE PENSENT QU'AU CUL
ET APRÈS, ILS VEULENT FAIRE DE LA MORALE !..
PROTÉGEONS LES LIENS SACRÉS DU MARIAGE
DuBouillon

LA POLICE MARSEILLAISE...
ILS ALLAIENT À LA PÊCHE EN BANLIEUE ET RAMENAIENT DES BARRES DE HASCHISCH GRANDES COMME ÇA

LES POLICIERS INCULPÉS À MARSEILLE..
LE P'TIT PAIN AU CHOCOLAT, C'EST PAS NOUS
HOTEL DE POLICE

LE RECOURS À LA FORCE ARMÉE ?
VOUS AVEZ LE FEU VERT POUR ENVOYER VOTRE MISSILE
SUR LA SYRIE ?
NON ! MARSEILLE

MARSEILLE TOURISTIQUE...
ON EST DANS LE QUARTIER NORD

DES MATRICULES VISIBLES POUR LES POLICIERS...
IL VEUT QU'ON L'APPELLE JAMES
007
DuBouillon

CONTRÔLE AU FACIÈS RÉGLEMENTÉ
FAIS LUI SON RÉCÉPISSÉ, TU VOIS BIEN QU'IL EST BLANC

LES CONTRÔLES POLICIERS RÉGLEMENTÉS

SCANDALE À LA PJ DE LYON

LES VIOLENCES FAITES AUX FEMMES

M'SIEURS-DAMES UNE P'TITE PIÈCE POUR RETROUVER MA DIGNITÉ ET RESTER PROPRE.
S'IL VOUS PLAIT... POUR RESTER DIGNE ET PROPRE
M'SIEURS-DAMES, MA DIGNITÉ N'AYANT PAS ÉTÉ RETROUVÉE, J'AI DÉCIDÉ DE RESTER SALE...
MERCI
DUBOUILLON

LE GOUVERNEMENT VEUT OUVRIR DES LIEUX PUBLICS POUR LES SDF...

LES RICHES PONCTIONNÉS...

LILIANE ET FRANÇOIS-MARIE
FANTASTIQUE
clic ! clic !
ÇA VA VOUS PARAîTRE EXTRAVAGANT, MAIS ÇA ME TITILLE DEPUIS QUE JE SUIS PETITE
QUOI TRÉSOR ?
JE VOUDRAIS RENCONTRER LE PÈRE NOËL
?
FRANÇOIS-MARIE, VOUS QUI ÊTES UN ANCIEN PAPARAZZI, VOUS DEVEZ LE CONNAîTRE !?
LILIANE, LE PÈRE NOËL N'EXISTE PAS.
DÉSOLÉ
VOS PARENTS NE VOUS EN N'ONT-ILS JAMAIS INFORMÉE ?

JE PEUX VOUS RASSURER, J'AI ÉTÉ PHOTOGRAPHE DE PÈRES NOËL AUX GALERIES LAFAYETTE ET JE PEUX VOUS DIRE QU'ILS ÉTAIENT TOUS FAUX.
NE BOUGEZ PLUS, LE PETIT DOIGT EN L'AIR AFFIRME VOTRE NOBLESSE ET VOS BONNES MANIÈRES
ARRÊTEZ D'IMMORTALISER MES PRISES DE THÉ ET RÉFLÉCHISSEZ PLUTÔT À DE BONNES IDÉES
FRANÇOIS-MARIE EMMENEZ MOI AU FESTIVAL DE CANNES ET MONTREZ MOI VOS TALENTS DE PAPARAZZI !
CANNES C'EST LOIN !..
APPELEZ SERGE
À CANNES CE SOIR MAIS, MA CHÈRE, À 2000 À L'HEURE VOUS Y SEREZ DANS UN QUART D'HEURE
CLARK
SERGE, VOUS ÊTES UN ANGE
POUR VOUS, LILIANE, JE DÉPLOIE TOUTES MES AILES
DES RAFALES DE LOUANGES, SERGE

VITE AU PALAIS
TAXI !
AEROPORT DE CANNES
SALLE POLYVALENTE
UNE COUPETTE
UNE SUZE
UN PICON
VOUS ARRIVEZ À TEMPS POUR LA DICTÉE DE BERNARD PIVOT
JE VOUS APPORTE DES CHAISES
NOUS POUVONS COMMENCER
LES CHAUSSETTES DE L'ARCHIDUCHESSE SONT SÈCHES ET ARCHISÈCHES ET DAVANTAGE SUR L'ÉTENDAGE
LILIANE, ON EST VENU VOIR NANNI MORETTI ET CLINT EASTWOOD !
PAS BERNARD PIVOT
JE RAMASSE LES COPIES DANS UNE HEURE

ON EST À CANNES POUR DÉGUSTER LES P'TITS FOURS ET AMUSE-GUEULES
SILENCE, ON TOURNE
LA FAUTE, PREMIÈRE
LILIANE, QUELLE SURPRISE, VOUS ICI !?
SYDNEY POLKA MON CINÉASTE PRÉFÉRÉ
ÇA TOMBE BIEN, J'AI BESOIN DE VOUS POUR UN RÔLE DANS MON FILM "LA FAUTE" ÉCRIT PAR PIVOT...
EN PLACE
ALORS, JE JOUE QUOI ?
VOUS ÊTES UNE MILLIARDAIRE QUI SE PROMÈNE TRANQUILLEMENT
LA FAUTE
1 3
GÉRARD, T'ES PRÊT ?
MOTEUR
PARTEZ
TON SAC LA VIEILLE.
COUPEZ
HI ! HI ! HI

C'ETAIT DEPARDIEU EN VOYOU.. J'VEUX LE REVOIR!
IL EST DÉJÀ REPARTI SUR UN AUTRE FILM
LILIANE, VOUS AVIEZ DES MILLIONS DANS VOTRE SAC
IL EST PARTI AVEC MES MILLIONS?
LILIANE, VOUS AVEZ TOUJOURS RÊVÉ D'INVESTIR DANS LE CINÉMA
C'EST VRAI ET J'ESPÈRE QUE JE SERAIS DANS LE GÉNÉRIQUE
DANS L'ORDRE ALPHABÉTIQUE LILIANE
ON VA ÊTRE EN RETARD!
ON VA LOUPER LA MONTÉE DES MARCHES AU PALAIS DES FESTIVALS
VITE

APPROCHONS-NOUS DU BUFFET, J'ADORE L'HUMOUR DES PIQUE-ASSIETTES !!
REGARDEZ, C'EST BERNARD QUI EST TAPI DEVANT LE BAR
FRANÇOIS-MARIE MONTREZ MOI VOS TALENTS DE PAPARAZZI
FRANÇOIS-MARIE, IMMORTALISEZ CES GRANDS MOMENTS QUI FONT LA JOIE DE MES PETITS MOMENTS
SOURISSEZ
LILIANE, JE TE PRÉSENTE UN AMI DE Mr KERVIEL...
MADAME, ME FERIEZ-VOUS L'HONNEUR DE PRENDRE UN VERRE SUR MON YACHT...
NOUS Y ALLONS...
EN PLUS J'ADORE LES DEUDEUCHES

TUT
TUT
TUUU
TUT
TUT

À LA BONNE FRANQUETTE
JE NE REGRETTE RIEN, IL Y A EU L'AVANT MADOFF ET MAINTENANT L'APRÈS MADOFF
LILIANE !
SERGE !?
LE MONDE EST PETIT !
SURTOUT CELUI DES RICHES

MONTEZ DONC PRENDRE L'APÉRO AVEC MES AMIS QATARIS...
L'APÉRO THÉ
MAIS PAS L'APÉRO ATHÉ
ATTERRI QATARI !..
ET RI !
HI ! HI ! HI ! HI ! HI ! HI
ÇA GAZ
L'APÉRO SE PROLONGE...
MON CHER PRINCE, ACCEPTERIEZ VOUS CE GRAND FOOTBALLEUR DANS VOTRE ÉCURIE PSG !
JE TE VOIS VENIR, SERGE, TU VEUX ME FAIRE DES CADEAUX POUR MIEUX ME REFILER TES RAFALES !

COMBIEN COÛTE CE FOOTBALLEUR ?
15 MILLIONS
J'AI PAS ASSEZ SUR MOI, MAIS JE VAIS APPELER QUELQU'UN À LYON QUI PEUT ÊTRE INTÉRESSÉ
POUR L'OL, JE VEUX BIEN LE REVENDRE 20 MILLIONS
ALLO JEAN-MICHEL JE T'AI TROUVÉ UN FOOTBALLEUR PAS CHER
20 MILLIONS
JE TE DÉRANGE PAS ?
J'SUIS TRÈS OCCUPÉ À CONSTRUIRE MON STADE QUI A PRIS DU RETARD, MAIS JE T'ÉCOUTE...
IL S'APPELLE COMMENT TON FOOTBALLEUR ?
IBRAHIMOVIC
T'AS ENTENDU JEAN-MIMI
J'ACHÈTE
25 MILLIONS
MOI, 30 MILLIONS

QUI A DIT 30 MILLIONS ?!..
UN QATARI
LE PSG, JE M'EN DOUTAIS
JEAN-MI, JE PEUX VOUS PRÊTER LES 10 MILLIONS POUR COMPLÉTER L'ACHAT
18 % L'AN, ÇA VOUS VA ?
MOI 17,9 %
MES "RAFALE" SE TRANSFORMENT EN "MIRAGE"
AVEC LE QATARI, T'AS QATARIEN ?
EN PLUS DES 30 MILLIONS EST-CE QUE J'AI DROIT AUX TICKETS RESTAURANT ?
HALAL BIEN SÛR
ALLEZ, SALUT, JE VAIS PRENDRE L'AIR
SOYEZ PRUDENT AU DÉCOLLAGE
ALLO, LA TOUR D'ARGENT..
VOTRE TABLE EST PRÊTE
JE TROUVE LE FOOT VULGAIRE. LILIANE, ALLONS BOIRE UNE GRENADINE SUR LA TERRASSE DU BYBLOS
ENFOIRÉ DE MADOFF

ARRÊTEZ DE PHOTOGRAPHIER N'IMPORTE QUI !
LILIANE, CHACUN PEUT AVOIR SON QUART D'HEURE DE CÉLÉBRITÉ, COMME LE DISAIT ANDY WARHOL
CLIC ! CLIC ! CLIC ! CLIC !
ET CHACUN PEUT AVOIR AUSSI SON QUART D'HEURE DE GARDE À VUE...
CLIC CLIC CLIC !
COMME DIRAIT LE JUGE !
MAIS C'EST ZAHIAYA !
PUIS-JE PHOTOGRAPHIER LES OBJETS DU DÉLIT QUI ONT MIS NOS STARS DU BALLON ROND SUR LA TOUCHE...
FAITES VITE, J'SUIS MINEURE
VENEZ À NOTRE TABLE LILIANE VOUS INVITE À PRENDRE UN VERRE DE ...
J'ADORE LE CHAMPAGNE
MAIS JAMAIS SANS SON AVOCAT

BYBABLOS
RACONTEZ-NOUS LES TOUCHES QUE VOUS AVEZ SUBIES
AVEC FRANCK ?
ZAHIAYA NE PARLEZ SURTOUT PAS !
BYBABLOS
BING !
JE VOUS AVAIS PRÉVENUS LE JUGE D'APPLICATION DES TOUCHES EST INTRAITABLE
FRANCK AUSSI
NON, FRANCK !

NON, MON RIBIBI, J'AI DIT AU JUGE DE TOUCHE, QUE TU AVAIS SEULEMENT TOUCHÉ MES P'TITS BALLONS AVEC TON COUDE EN GLISSANT SUR LA MOQUETTE.
OUF!
NON, LE COUDE, C'ÉTAIT BENZEMA, MOI C'EST UN COUP FRANC DE LA MAIN
LE CON!
LES HISTOIRES DE CULS FRANCS ÇA S'ARRANGE TOUJOURS!
LE JUGE A DIT "PAS DE TOUCHE AVANT LE PROCÈS"
VOUS AURIEZ EU AFFAIRE À ZIDANE, VOUS AURIEZ PRIS UN COUP DE TÊTE PAS PIQUÉ DES MELOLONTHAS
TRÉSOR NE VOUS MÊLEZ PAS DE ÇA
C'EST QUOI DES MÉLOLONTHAS ?
DES HANNETONS
TENEZ, PAYEZ-VOUS ET LAISSEZ CETTE PAUVRE ZAHIAYA, VICTIME DU FOOT
TRÉSOR, GARDEZ DE LA MONNAIE POUR L'APÉRO
MADAME, VOUS INSULTEZ LE PLUS GRAND AVOCAT DES STARS
NON! NON!
OUI! OUI!
AVOCAT QUE DE VOICI ET QUE DE VOILÀ...
MADAME, VOS INSULTES VONT VOUS COÛTER 500 EUROS DE PLUS
TTC?

FRANÇOIS-MARIE, J'EN AI ASSEZ DE CETTE VIE DE BEATNIK. APPELEZ-MOI MA ROLLS ROYCE
ON RENTRE À NEUILLY?
J'APPELLE VOTRE CHAUFFEUR
ALORS?!
VOTRE CHAUFFEUR VOUS FAIT SAVOIR QUE VOTRE GARAGE A PRIS FEU!..
MAIS À PART ÇA, TOUT VA TRÈS BIEN
MAIS VOUS N'AVEZ PLUS DE ROLLS...
ET À PART ÇA?..
HEU!. ÇA A MIS LE FEU AUX ÉCURIES
MAIS VOTRE JUMENT GRISE VA BIEN
MAIS IL DÉPLORE UN PETIT RIEN... L'ÉCURIE A MIS LE FEU AU CHÂTEAU
MAIS À PART ÇA?
TOUT VA TRÈS BIEN
TOUT VA TRÈS BIEN
J'SAIS PAS POURQUOI, MAIS VOTRE CHAUFFEUR VOUS APPELLE MARQUISE?!
AVEC LE TGV NOUS POUVONS ARRIVER CE SOIR À PARIS
LE TGV, VOUS N'Y PENSEZ PAS!
AVEC TOUTES CES PANNES ET RETARDS À CAUSE DES CABLES VOLÉS PAR LES GENS DU VOYAGE
ALLEZ! TRAITEZ NOUS DE BOHÉMIEN, ROMANICHEL, MANOUCHES, GITANS, ROMS GIPSY, TZIGANES, GADJOS..

MAIS POUR VOUS, NOUS RESTERONS TOUJOURS DES VOLEURS DE POULES ...
ALORS QUE NOUS SOMMES UNE GRANDE FAMILLE DE MUSICIENS ...
DJOBI
DJOBI DJOBA
BAMBOLÉOOO BAMBOLÉOO
BON! C'EST PAS TOUT, MAIS CES GENS DU VOYAGE VONT NOUS FAIRE LOUPER NOTRE VOYAGE À PARIS

PARIS ?.. ÇA TOMBE BIEN NOUS DEVONS REJOINDRE NOS COUSINS À EVRY, ALORS ON VOUS EMMÈNE AVEC NOUS.
ET PAS DE PROBLÈME, VOUS SEREZ DEMAIN À NEUILLY
MES COUSINS SONT ARRIVÉS
POLICE

SORTEZ ! VOUS ÊTES PRIÉS DE QUITTER CE CAMP, LE PREFET ORDONNE VOTRE EXPULSION IMMÉDIATE...
ET SANS CONDITIONS
QU'EST-CE-QUE C'EST QUE CE BINZ ?
ÇA VALLS BIEN
CHARLES-EDOUARD QU'EST-CE QUE VOUS FAITES ICI ?
LILIANE ?
JE FAIS MON DEVOIR DE PREFET MA CHÈRE COUSINE
VOTRE MÈRE EST AU COURANT ?
VOUS N'AVEZ PAS HONTE !.. TENEZ PRENEZ LES 150 EUROS QU'IL ME RESTE POUR RELOGER CES GENS.
CORRUPTION
EMBARQUEZ-MOI TOUT ÇA !
CHARLES EDOUARD, APPELEZ L'ÉLYSÉE POUR ME SORTIR DE CETTE HONTE
J'APPELLE FRANÇOIS
ICE

NON ! PAS FRANÇOIS, MAIS NICOLAS, IL ME DOIT BIEN ÇA !
D'ACCORD LILIANE
VOUS NE SERIEZ PAS DE DROITE, VOUS ?
DÉSOLÉ, MAIS JE NE PEUX RIEN FAIRE POUR ELLE
INGRAT ! QUAND JE PENSE TOUT CE QU'ELLE A FAIT POUR TOI
ME VOILÀ ASSIGNÉE À 3 JOURS DE RÉSIDENCE SURVEILLÉE...
NE VOUS PLAIGNEZ PAS...
..ILS ONT ACCEPTÉ VOTRE ASSIGNATION DANS VOTRE RÉSIDENCE SECONDAIRE
FIN

OUVERTURE DES J.O...
GRÈCE
SYRIE

CORSE
FRANCE

CHiNE

RUSSiE

DUBouillon

BRASSE ...

MANAUDOU DE RETOUR DANS LA COMPÉTITION...

11 MÉDAILLES D'OR POUR LA FRANCE

EN SAUT À LA PERCHE...
1
2
3
DUBOUILLON

EN COURSE DE FOND...
1
2
3
4

MÉDAILLE EN CHOCOLAT...
1

MÉDAILLE D'AIL...

EN CYCLISME...

J.O BAR
LE SAUT À LA PERCHE, ÇA C'EST DIFFICILE
JE SAIS, J'EN AI FAIT À L'ÉCOLE
TOI?
OUI, MONSIEUR, CHAMPION UNIVERSITAIRE EN 1967
LE RUSSE VA TENTER LES 6,08 m
IL EST MAL PARTI
CHUT
LOUPÉ!
J'AI VU, IL N'A PAS ASSEZ APPUYÉ SA JAMBE GAUCHE SUR LE SOL, ET SA PERCHE ÉTAIT PAS ASSEZ DANS L'AXE
JE VOUDRAIS BIEN T'Y VOIR
MOI, JE S'RAI PASSÉ
VOUS ALLEZ VOIR, CE QUE VOUS ALLEZ VOIR!
SACRÉ RAYMOND
L'AMÉRICAIN VA TENTER LES 6,14 m
LE RECORD DU MONDE
MAIS QUE SE PASSE-T-IL ?..
UN INDIVIDU S'EST EMPARÉ DE LA PERCHE DE L'ATHLÈTE
RAYMOND
BING!
VOUS AVEZ VU !..
IL M'A MANQUÉ ÇA!
ON A VU, T'AS PAS ASSEZ APPUYÉ LA JAMBE GAUCHE!
DuBouillon

JEUX PARALYMPIQUES...
HEU! IL DOIT Y AVOIR UNE ERREUR D'INSCRIPTION DANS LA LISTE

ON A POURTANT DIS, "PAS DE TIR À L'ARC" POUR LES NON-VOYANTS!

JO POUR LES HANDICAPÉS
VA-T-IL GARDER TOUTES SES JAMBES?

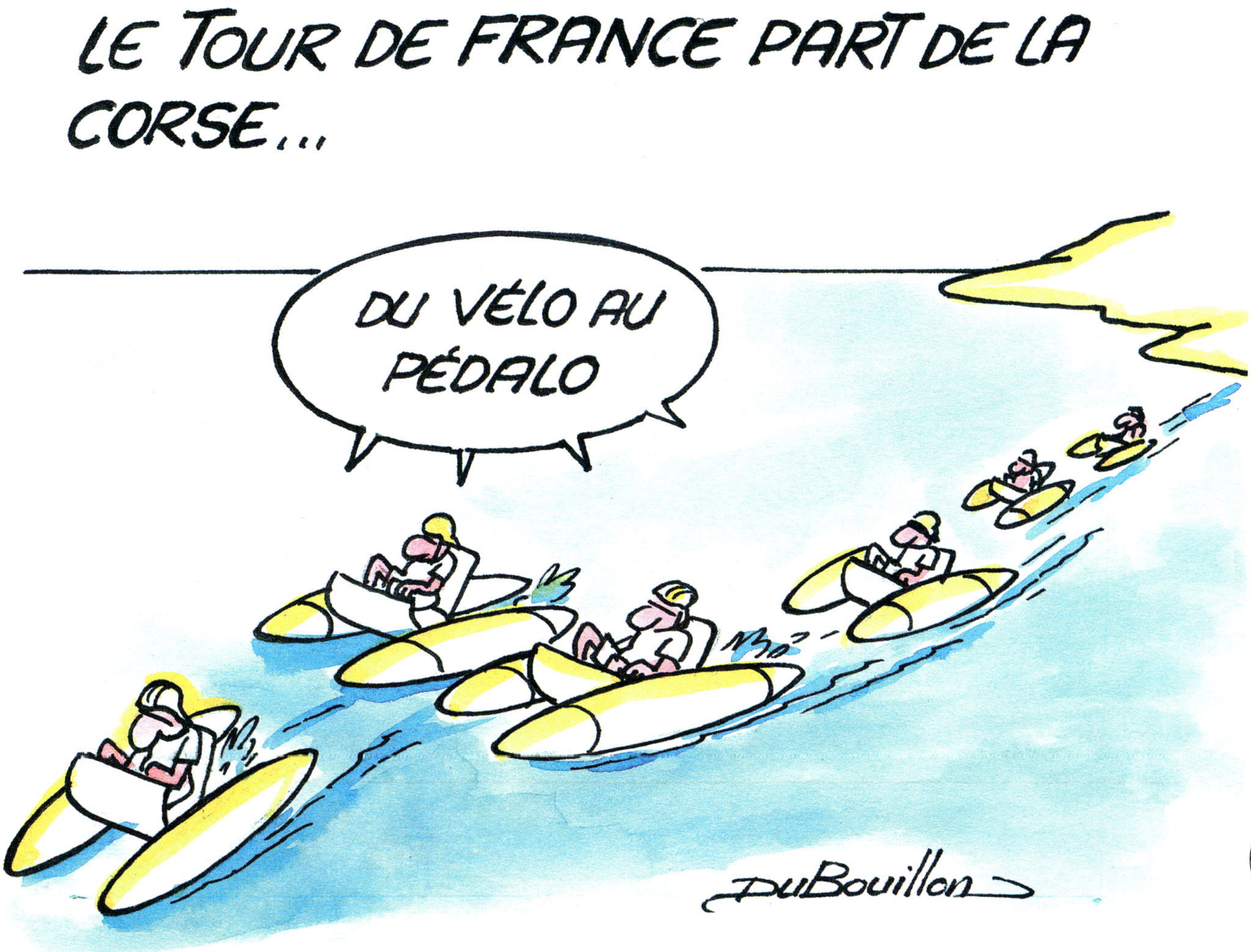
LE TOUR DE FRANCE PART DE LA CORSE...
DU VÉLO AU PÉDALO
DUBOUILLON

TOUR DE FRANCE...
ÇA, C'EST L'ÉQUIPE UMP

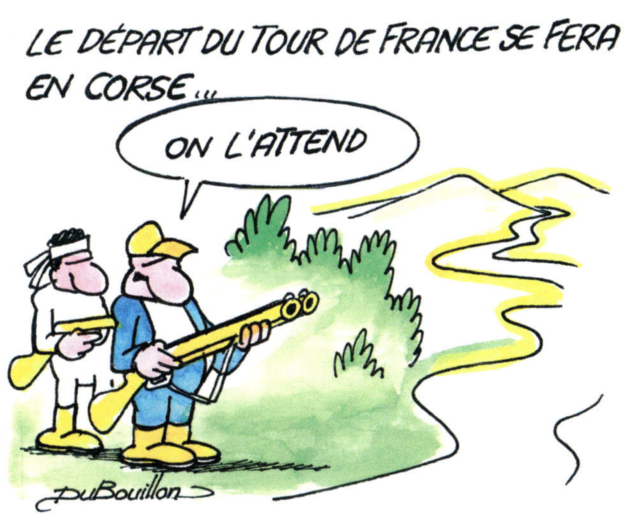
LE DÉPART DU TOUR DE FRANCE SE FERA EN CORSE...
ON L'ATTEND
DUBOUILLON

TOUR DE FRANCE...

DERNIÈRE ÉTAPE DU TOUR...

CONTADOR SUSPENDU POUR DOPAGE...
PUISQUE J'VOUS DIS QUE C'EST À CAUSE DU BOEUF

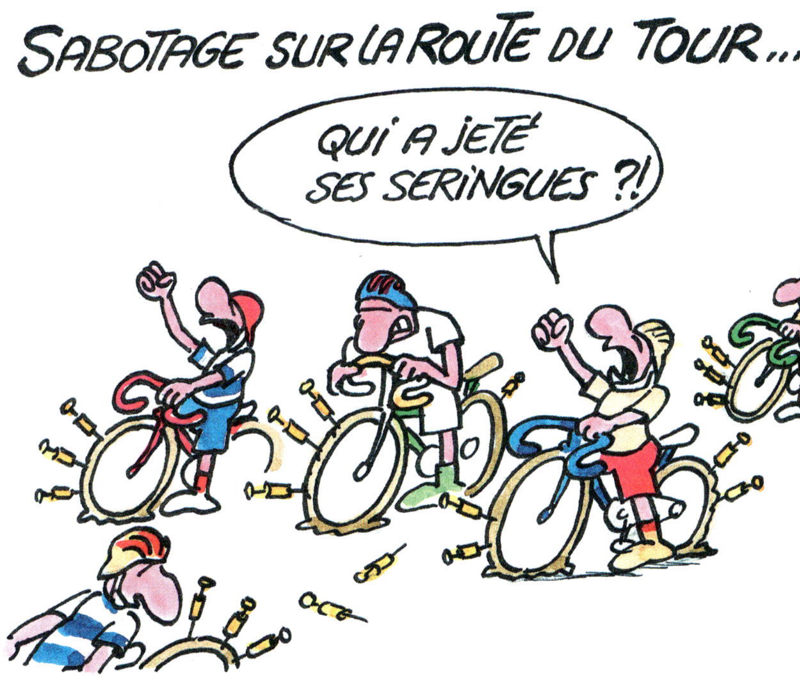
SABOTAGE SUR LA ROUTE DU TOUR...
QUI A JETÉ SES SERINGUES ?!

LANCE ARMSTRONG DÉCHU DE SES TITRES...
DuBouillon

ENQUÊTE SUR LE TOUR...
STUPS

UN TOUR DE FRANCE PROPRE...
BON, ÇA IRA COMME ÇA

C'EST LA CRISE, ALORS ON A GROUPÉ L'ARRIVÉE DU TOUR AVEC LE DÉFILÉ

LA GRÈCE EN FAILLITE MANIFESTE
QU'EST-CE QUE VOUS ATTENDEZ POUR TAPER?
DÉSOLÉ, MAIS ON EST PLUS PAYÉ POUR ÇA!
DuBouillon

SAUVETAGE DE LA GRÈCE
ON VOUS DONNE UNE AVANCE
DuBouillon

LA GRÈCE ÉVITE LA FAILLITE...
ON RESTE PHILOSOPHE

CHRISTINE LAGARDE CRITIQUE LES GRECS
TOUS DES FAINÉANTS

RIEN NE VA PLUS EN ESPAGNE

LES AGENCES DE NOTATION...

LE NOBEL DE LA PAIX DÉCERNÉ À L'EUROPE
?
AUJOURD'HUI, L'EUROPE NOUS GARANTIT LA PAIX !
C'EST VRAI, NOUS N'AVONS PLUS DE GUERRE.
...ET ÇA SE TRAVAILLE
EXPORT
L'EUROPE SE DOIT D'EXPORTER LA PAIX
ET NOUS, EUROPÉENS, NOUS SOMMES LES CHAMPIONS DE L'EXPORTATION
YEMEN
KOWEIT
RWANDA
ARABIE SAOUDITE
MADE IN FRANCE
DuBouillon

BACHAR AL-ASSAD GAGNE DU TEMPS...
MA MONTRE S'EST ARRÊTÉE

ONU : POUR LA SYRIE, POUTINE PRÊT À FAIRE UN GESTE..
PAS DE LANGUE DE BOIS, ON VA PARLER SCIERIE

L'ONU EN SYRIE...
UN
DÈS QU'ON VOIT QUELQUE CHOSE D'ANORMAL ON INTERVIENT
DuBouillon

ÉLECTIONS EN ÉGYPTE...
LE RÉSULTAT SE FAIT ATTENDRE
DuBouillon

TOMBOUCTOU : LES ISLAMISTES DÉTRUISENT DES MAUSOLÉES...
TOURISTES, POUR L'EGYPTE, DÉPÊCHEZ-VOUS !

LES REBELLES TOUAREGS PROCLAMENT L'INDÉPENDANCE DU MALI...
ON VA SABLER LE CHAMPAGNE
FAIS PAS LE MALIEN !
DuBouillon

LE PRINCE HARRY MENACÉ PAR LES TALIBANS
IL A PAS INTÉRÊT À SE PROMENER TOUT NU

UN

INTOUCHABLES 2
AU MALI

LE TIR RATÉ DE LA FUSÉE NORD CORÉENNE
CE N'ÉTAIT QU'UN TUYAU DE POÊLE !

UN ISLAMISME...
ISLAMISTES INTÉGRISTES
ISLAMISTES MODÉRÉS

LES FORCES ARMÉES OCCIDENTALES VONT SE RETIRER D'AFGHANISTAN...
ON VOUS LAISSE LA PLACE

L'INDE VA ACHETER 126 RAFALE...

JE VOUDRAIS ÊTRE PRÉSIDENT
UN PRÉSIDENT NOIR COMME OBAMA ?..
YES WE CAN
NON, NORMAL COMME HOLLANDE !

LE PASSAGE DE SANDY SUR LA CÔTE EST DES USA...
PIRE QUE LES SUBPRIMES

PEUT-ON DESSINER UN PROPHÈTE ?

UN CORBEAU AU VATICAN...

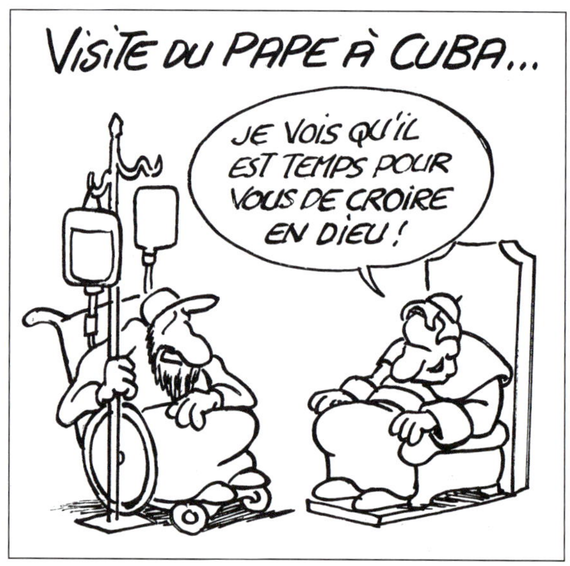
VISITE DU PAPE À CUBA...

INONDATION À LOURDES

JOURNÉES DU PATRIMOINE
LE BUREAU DU PRÉSIDENT C'EST COMMENT ?
NORMAL
DuBouillon

50 % DE MÉDICAMENTS INUTILES...
MÊME LE VIAGRA !

DISNEYLAND PARIS A 20 ANS...
ET PICSOU TIENT TOUJOURS LA CAISSE
DuBouillon

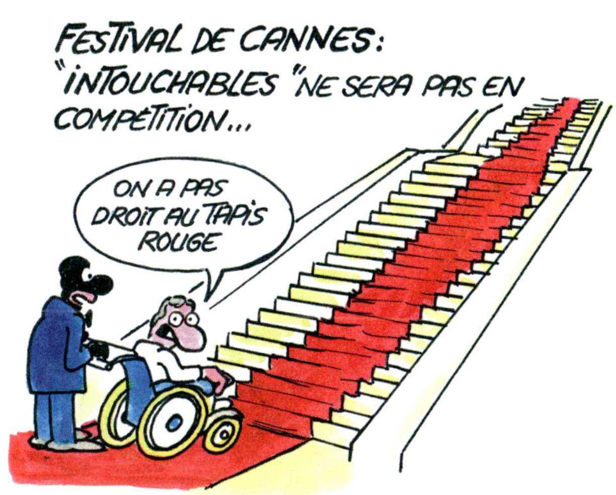
FESTIVAL DE CANNES:
"INTOUCHABLES" NE SERA PAS EN COMPÉTITION...
ON A PAS DROIT AU TAPIS ROUGE

L'HOMME SUPERSONIQUE A PASSÉ LE MUR DU SON
C'EST D'UNE ÉLÉGANCE !

DES CORDES DE VIOLON À BASE DE TOILES D'ARAIGNÉES
zzZZZZZZ

BAC : LES RÉSULTATS...
DES FOIS, ILS OUBLIENT DE METTRE TON NOM !

ANGOISSE SUR LES PLAGES DE LA RÉUNION...
NON, IL Y A LONGTEMPS QU'ON A PAS VU DE REQUINS

MORT DE THIERRY ROLAND...
J'SUIS MORT ?
TOUT À FAIT THIERRY

ARRIVÉE

MORT DE PATRICK RICARD...
CE MATIN LE BAR EST EN DEUIL. ILS ONT TOUS PRIS UN P'TIT NOIR, MAIS ILS REVIENNENT À MIDI POUR L'APÉRO

FRANK ALAMO EST MORT...
SA BICHE DEPUIS LONGTEMPS !

MORT DE SYLVIA KRISTEL...

MORT DE NEIL ARMSTRONG...

MORT DE ARMSTRONG...

MORT DE PIERRE MONDY...

KADHAFI AU PARADIS ?..

CLOCLO MIS EN LUMIÈRE DANS UN FILM...

Ouvrage achevé d'imprimer en décembre 2012
sur les presses de INTERPRINT

Dépôt légal : décembre 2012